U0939306

顾城诗选

暴风雨使我安睡

北京出版集团公司
北京十月文艺出版社

顾城

1956 年 9 月–1993 年 10 月

出生地：北京

自幼易被感动，一滴露水，一只蚂蚁的搬运，一声老人的叹息；也为宏大的事物震撼，闪电，很多人的叫喊，无尽的夜空。对世界充满期待，也充满疑问；不时沉浸在全身心的思考里，眼光注视着终极，也闪耀在所有细小的事物中。

喜欢读书，不喜欢学校，喜欢和人交心，不喜欢和人只讲道理。十一二岁起开始有意识地写诗。经历了“文革”初期的动乱和农村的蛮荒生活，当过木匠、杂工、电影院广告绘画、编辑、记者。“诗·生命”，是他写诗的理由，也是他人生的写照。

一九八七年五月出国，讲学和思考，热爱新西兰岛上的不断依凭自己的双手开辟出的新鲜生活。

写诗不为留存，但留世诗歌仍超过两千首（画作几百幅）。这里辑其童话色彩鲜明的一些短诗和更富于哲思意味的另些小诗各自成集，（组诗中的小诗未辑入，组诗及中长抒情诗将另行成集），同时将其难能可贵的百余首寓言故事诗择九十一首成集。童话和哲思都是顾城的诗特点，以优美的诗形式讲了那么多好听的寓言故事，更是顾城的独树一帜。（他的画同他的诗交相辉映）

“人可生如蚁而美如神”，“感性即自然的理性”，“生命与生活无关”……循着他的声音，走进他的诗吧——

生命与生活无关

——顾城

目录 CONTENTS

目录 CONTENTS

目录 CONTENTS

目录
CONTENTS

目录 CONTENTS

目录
CONTENTS

CONTENTS
目录

目录
CONTENTS

CONTENTS 目录

目录
CONTENTS

目录 CONTENTS

画题《起》

1968 年—1978 年

北京—火道村—北京

雨　夜

雨在不停地下着，
灯火依旧通明。

宽阔的马路一片闪烁，
好像夜空布满星星。

仰看天上一片黑暗，
倒似大地般沉重。

1968 年
北京

星星与生命

星星望着醒和睡的人们，
大地在黑暗中鼾声沉沉；
我忽然间想到了生命，
因为生命星星和大地才有了声音。

星星眨眼星星并不知道眼睛，
大地沉睡大地并不知道梦境；
它们是死的却被说成活的，
这都是因为我们有生命。

生命散布在天地之中，
它是天地最华美的结晶；
可它一闪而过不由自主走向结束，
它看见了天地天地看不见它们。

1968 年

我的幻想

我在幻想着，
幻想在破灭着；
幻想总把破灭宽恕，
破灭却从不把幻想放过。

1969 年 5 月

留　念(二)

在粗糙的石壁上
画上一丛丛火焰

让未来能够想起
曾有那样一个冬天

1969 年 12 月
胶东路上

＊ 诗写在作者随父母下放至山东昌北的路上。

美

我所渴望的美，
是永恒与生命，
谁知它们竟水火不容：
永恒的美，奇光异彩，
却无感无情；
生命的美，千变万化，
却终为灰烬。

1969 年 12 月
火道村

风和树

风如鞭抽打树丛，
树如针切削着风；
风可以说是树在哭泣，
树可以说是风在呻吟。

1970 年 1 月
去二连路上

* 诗落款中的“二连”是父亲下放的所在连队。父亲在炊事班养猪。顾城每日自村里步行约三里至连队协助父亲。

草和路

披霜的草，是梦的结晶，
化雪的路，通向幻境；
闪亮的草，是醒的证明，
泥泞的路，通向家门；
鲜绿的草，是生的象征，
温暖的路，通向心灵。

1970 年 2 月

起　步

童年的金色，
已经消失，
广阔的世界，
变得更加清澈；
生命——
融合在山泉中的一滴露水，
在崎岖不平的道路上，
吐着快乐的泡沫，
唱着希望之歌……

1970 年 7 月 31 日
写给爸爸

* 诗写给当时正重病住院的父亲。医院离村百里。

希　望

海潮无休止地摇晃大陆，
邀它一同把日月追逐；
大陆在睡梦中透口粗气，
火山的烟柱就把天空烧糊；
海潮变成了惊慌的海啸，
一直跑回大海的深处。

1970 年 8 月

* 诗摘自作者写给父亲的信。

蝉　声

你像尖微的唱针，
在迟缓麻木的记忆上，
划出细纹。
一组遥远的知觉，
就这样，
缠绕起我的心。
最初的哭喊，
和最后的询问
一样，没有回音。

1971 年夏

正　午

泥牛依偎着塘水，
太阳烙烤着脊背；
光环张开又收紧，
绿萍也开始枯萎；
希望像淡薄的云影，
追求会把它撕碎；
闪耀不定的光芒，
包围了光滑的眼泪。

1971 年初秋

中秋漫笔（三）

透过倾斜的葫芦架，
夜空撒下点点寒光。
一只蜘蛛爬近月亮，
默默地织它生活的网。

月亮像是漂浮在深秋的池塘，
一丝风也会吹起它的哀伤。
相哀相怜的还有憔悴的杨叶，
不声不响伏在月亮身旁。

1971 年中秋　夜
火道小院

* 作者写有五首《中秋漫笔》，这里选第三首。

中枪弹的雁

灿烂的夕阳前，
飞过哀鸣的大雁；
血滴着，
和晚霞一起染红了地面。

矫健的翅膀不再能张开，
好看的翎羽也渐渐变暗；
只有眼睛是那么的明亮，
凝固的光中也许是远去的同伴。

夕阳像它破碎的心，
慢慢下沉，
愿能带它去天的另一边。

1971 年秋
荒野中　和爸爸《沼泽里的鱼》

噩　梦

我忍耐着
午夜无声的嘲弄
和
星星轻蔑的眼神
在陌生的路上探索
进了辉煌的城……

月亮在电弧灯下
面色惨白
我疲倦得发抖
从心里感到冷
但汽车的怪笑
却让我不能安宁

我站在台阶上
呆望着镀镍的转门
忽然想起了
故乡的水滨
水吸蚀着我的身体
夜跟上来压碎了我的心

我说

我要睡了
我要睡了
我要睡了
死也许就是这样的一场梦

1971 年秋

病

没有暴风，

没有疾雨，

阳光似乎是太亮又太暗，

黑夜似乎是太吵闹又太静谧。

时间走得很慢很慢好像忘了走，

翻开一页书却是看了两个钟点，

也没看完一句。

灯火摇曳，

瞑目喘息，

忽然翻身跳起，

又重重地跌倒在地；

还好，

还能看到血，

还能感到呼吸。

1972 年 1 月

小　树

小树被压得很弯很弯，
弯成力的半圆；
随即它又挺立而起，
让我想到弓的起源。
风复又将小树压弯，
小树复又挺身而站；
那一支支箭射向哪里？
我不断延长我的视线。

1972 年 3 月

小　树（二）

刚进城的小树
不安地在街头停立

市场在轮镜中
旋转得无声无息

小树刚想问路
便招来一阵唾弃

真理刚贴出广告
叫做：不许怀疑

1972 年 6 月
蓬莱

＊ 此时“落实政策”，父亲被暂调至蓬莱，基本家居仍在火道村。

雨　后

雨后
一片水的平原
一片沉寂
千百种虫翅不再振响

在马齿苋
肿痛的土路上
水蚤追逐着颤动的水波

花瓣，润红，淡蓝
苦苦地恋着断枝
浮沫在倒卖偷来的颜色……

远远的小柳树
被粘住了头发
它第一次看见自己
为什么毫不欢乐？

1972 年 6 月割麦

夜　归

大地黑暗又平静
只剩下一盏路灯

树影亲切又阴森
遮断了街旁的小径

我的心发热又发冷
忍受着希望的疼痛

1972 年 7 月

河（三）

……村庄的暗影，
漂在银波上，
没关系，
暗中也有光明，
看那萤火点亮了希望。

微波拍着，拍着……
长满绿苔的石子，
开始跳荡，像是——
注入憧憬的眼睛，
吸饱光华的心脏。

波影消失在迷蒙的远方。

满天星斗，
都落在我的眼里，
都告诉我：
道路，

还有那样长——

1973 年
济南

* 此时进一步“落实政策”，父亲被暂调至济南，家居分散于火道村、蓬莱、济南三处。

白云梦（九—十三）

九

晨日踏露莱州滩，
湿风争把鸟语传。
水清树低折花易，
草盛路隐拾柴难。
枯木皮裂入藤筐，
朽棺血红睡竹篮。
诗情醉心不果腹，
轻云怎比半村烟？

十

黑墙一壁遮霞天，
暗香传自土灶前。
千载怒火腾烈焰，
百世怨气结浓烟。
罍甑蒸酒酒色淡，

坍坟积雨雨水咸。
桌前遥敬万代鬼，
遗下棺木做早餐。

十一

心飘云外天涯畔，
身随俗世几千年。
阳春风轻花未开，
中秋星稀月不圆。
太空浩荡风雨动，
大地巍峨冰雪坚。
挟风驰冰游世界，
为寻人间不周山。

十二

春秋如潮涌钱塘，
人生一世几落涨。
长山咸风吹旧雪，
蓬莱苦云溶新霜。
冷砚凝愁松墨暗，

秃笔久恨芦纸黄。
秀水寒山几相照，
天地飘影无还乡。

十三

千里逐波到长山，
百年风雨断碑残。
长松独立黛岩岭，
闲鹤群栖黄沙滩。
水波拍日出碧海，
石崖托月上青天。
欲登白虹入云去，
不知梯栏在谁边。

1972—1973
火道（潍河）蓬莱（长山）

＊《白云梦》原为十三首，写于1971年至1973年，这里选后五首。其前二首均述及捡拾废朽棺木以充柴薪——文革初期大量坟冢被铲除，棺木四散，当地人出于忌讳并不拾捡，成全了作者及其家人。

遗　嘱

当泪的潮涌渐渐退远，

理想的岛屿就会浮现。

那时请摘下一页征帆，

来覆盖我创痕累累的长眠。

1976 年 5 月

小楼信笔

寒暑交接时，
风云多奇变。
日月失定轨，
四方皆不见。
漠北沙腾云，
岭南雨如烟。
小楼陈酒冽，
休去倚危栏。

1976 年 9 月 1 日

浅 沼

(记一个噩梦)

脚下是死寂的，无尽的浅沼，
头上是阴郁的，巨大的森林；
铅色的水底铺满污絮和朽叶，
清冷的水面浮着泥沫和腐萍。

静，静，静——没有水流，没有风，
但浮秽却在慢慢地游行；
在它渐渐退去的暗影边缘，
露出了披甲古蟆冰冷的眼睛。

哦，我不敢动，更不敢停，
那腐朽的掩盖和无情的裸露一样怕人；
奔逃吧，奔跳吧，浊波在翻动——
“我是鸟类？！”我向造物呼问。

1978 年 1 月

溶　雪

颤动的风，
吻着湿湿的枯草。
一滴溶雪，
在草尖闪耀。

天上最美的光华，
都在这里集聚，
它是一个小小的蓝穹呀，
尽管悬挂在草梢。

1978 年 3 月

两个情场

在那边
金币追求权力；
在这边
权力爱慕金币；
可人民呢？
人民——
总成为他们定情的赠礼。

1978 年 3 月

夜　海

潮水拍打着
　　我的膝
　去而复还……

夜海呵！
　　黑而透明的海
　想和我攀谈

它不会理解
　　又何必理解
　问题就这么浅显

生命的纸页
　　一片片
　落进恬静的波澜

诗句呀
　　溶化吧，沉没吧
　再别退回沙滩

海的阅读

和人类一样

不过方法更加简单……

1978 年秋

东冢歌声（三）

我忘记了欢笑，
也忘记了叹息，
终生在猜测，
没有谜底的谜语。

我失去了亲人，
也失去了记忆，
终生在寻找，
没有真相的真理。

1978 年

* 东冢是作者随家下放期间，住地所在公社名。

画题《承》

1979 年—1981 年 6 月

北京及国内诸地

枯木与洪水

在险峻的河岸旁边，
傲立着一株枯干，
脚下奔涌着万顷洪水，
头上斜挂着肮脏的云片。

树基有一半已经坍陷，
强劲的根须在空中高悬，
根须死抓着干硬的泥块，
像是一个个恐吓的“铁”拳。

我听见枯树喝喊：
“你敢！”
我看见洪水从从容容
露出漩涡的笑靥。

1979 年 1 月
为时而作

别了，渔村

别了，渔村，
你那淡紫的烟，
你那深情的灯……

潮水分开了我们，
风儿变成了主人，
从此我再不会安宁。

前方呵，无穷无尽，
是波，是浪，
是未知的命运。

波呵，浪呵，
打湿了我的额发，
打湿了我的嘴唇。

我已不会流泪，
却又尝到了它的滋味，
这是夜海的怜悯。

其实又何必无病呻吟，
你既是渔人，
就应在风暴中葬身。

散去吧，淡紫的烟，
熄灭吧，深情的灯，
别了，渔村。

1979 年 1 月

打火集

打火机

遇见谁，
都可以献上
一颗发亮的心。

火柴太傻了，
只能燃烧一次。

眼　镜

使你看清了世界，
使世界看不清你。

镁光灯

有你
在最黑暗的地方，
也能摄下光明的影像。

布　景

你是演员的天地。

圆珠笔

圆滑是顺利的前提。

牙　签

我也挺尖锐呀！
却得到主人的喜爱。

七巧板

虽是拼凑的景象，
却也需要智慧。

拖　把

笔要比我渺小百倍！

1979年1月

面对命运

（一）

面对命运，我高昂着头，
血已干涸，泪也不流。
摧残杀砍吧！ 我乐于接受，
伤口绽开了仍是伤口。

（二）

除了婴儿的啼哭，
我再不相信人话；
因为可怕的私欲，
已将真实扼杀。

（三）

躯身是丑恶的，
灵魂应将它遗弃；

但找遍了天上地下，

也没发现更好的新居。

1979 年 3 月

春　雪

它掩盖了肮脏的世界，
也扼杀了春天的幼叶。
我想从天上摘下一个太阳，
来焚毁这虚伪的圣洁。

1979 年 3 月

你和我

你应该是一场梦，
我应该是一阵风。

1979 年 3 月底

时　代

大块大块的树影，
在发出海潮和风暴的欢呼；

大片大片的沙滩，
在倾听骤雨和水流的痛哭；

大批大批的人类，
在寻找生命和信仰的归宿。

1979 年 4 月

一代人

黑夜给了我黑色的眼睛
我却用它寻找光明

1979 年 4 月夜半

余　恋

暮色浸湿小路
白杨在不安地守护

星星忍着泪水
鸟儿在暗中低诉

是谁隐隐走来
数着迟缓的脚步……

1979 年 4 月底

情　景

灯火偷偷传情
相会在波光之中

树影冷冷旁观
克制着阴暗的妒恨

田地昏昏大睡
忘记了呼吸和做梦

1979 年 4 月底

洼　地

偌大的洼地里，
躺着垂死的河，
不能动，也不能喘吸。

树群远远地，
佯装不知，
围绕着重复的话题。

只有一株幼苗，
在土坎上张望，
也是出于无知的好奇。

1979 年 5 月

路　景

湿透的小船，
像蜕下的蝉壳，
茫然地聚在江边。

窒息的窑火，
从堵塞的嘴角，
挤出浓厚的黄烟。

黑亮的裸石，
肌肉搐动，
怒视着惺忪的灯盏。

1979 年 5 月

结　束

一瞬间——
崩坍停止了，
江边高垒着巨人的头颅。

戴孝的帆船，
缓缓走过，
展开暗黄的尸布。

多少秀美的绿树，
被痛苦扭弯了身躯，
在把勇士哭抚。

砍缺的月亮，
被上帝藏进浓雾，
一切已经结束。

1979 年 5 月
于嘉陵江畔

* 这首诗因被质疑，投送时作者曾加一尾段："沉重的山影，/代表模糊的历史，/仍在默默地记录。"并加副题：——写在被污染的嘉陵江边

暂　停

火车叹气了，
代表们走下车厢，
穿着重彩盛装。

一个女孩，
机械地打石子，
从不抬头张望。

1979 年 5 月

平　原

一条路干枯了，
平原熨过滚热的风。

春天还可以找到，
但已不那么天真。

花朵被任意放逐，
果实还没有形成。

草木都竭力地扩张，
维护着自己的生存。

1979 年 5 月

山　村

山村蜷缩着，
围着御寒的草垛；

深陷的黑眼眶里，
闪着一星烛火。

熬过了漫长的失眠之夜，
你盼到了什么？

曙光冰冷而苍白，
晨雾也没有血色……

1979年5月
四川

树　影

莫非要解浓雾的哑谜？
莫非要擦星星的泪滴？

你胆敢向不肯停留的梦，
输送一片又一片低语。

永远是天空的伤痕，
永远是大地的胎记。

永远在明天怀疑的窗台上，
有你涂写不完的诗句。

1979 年 6 月
重庆

泊

船停了，我看见白发苍苍的老人们在
艰难地搬运，她们都是母亲的母亲。

笨拙的木箱，
在码头上缓行。

是谁给了它力？
给了它动的生命？

微风揭起垫布，
露出一团干枯的笑容。

在生活的故道里，
有多少这样的裂纹！
……

江水哗哗大笑，
在高堤中得意忘形。

货轮贪婪地大嚼，
吞吃了留种的星星。

这时被遗忘的白发，
却悄悄升上夜空。

像一面撕碎的旗帜，
守护着母亲的神圣。

——这一幕使我想起了古老的惨景：
老妪力虽衰，急应河阳役

1979 年 6 月
于长江中游

摄

阳光
在天上一闪，
又被乌云埋掩。

暴雨冲洗着，
我灵魂的底片。

1979 年 6 月

山　影

山影里，
现出远古的武士；

挽着骏马，
路在周围消失。

他变成浮雕，
变成了纷纭的故事；

今天像恶魔，
明天又是天使。

1979 年 7 月

骑士的使命

我挥舞着剑，
去和风作战，
或是守卫城堡，
打退野藤的攀援。

用铜盾挡住，
暴雨的投枪，
对大胆越境的云，
疯狂呐喊。

这就是我的使命吗？
不，并不全面，
还要消灭所有的明星，
防止第二个太阳出现。

1979 年 7 月

忧　天

我仰望着夜空，
感到一阵惊恐；
如果大地失去引力，
我就会变成流星，
去茫茫天宇飘行。

哦，不能！
为了拒绝这一自由，
我愿变成一段树根，
深深地扎进地层。

1979 年 8 月

消　逝

你默默地看着我
看着遥远的天空
仿佛已熟知一切
仿佛又陌生

你无声地告诉我
不必过多询问
社会就是这样
谁也不是超人

既然总有一天
却又何必匆匆
这会使人想起
还未消散的不幸

十字涂满鲜血
便成为仁慈的象征
在生活的路口
总有命运的哨兵

没有泪，没有叹息
没有电，没有暴风
静静逝去的
是一片白云

1979 年 9 月

火　葬

苍天哪，为什么这样忧郁
年轻的海停止了呼吸
一群群火焰跳着舞蹈
是谁在举行神圣的婚礼

淡色的嘴唇，再不用勉强微笑
垂落的眼睫，也不用阻挡泪滴
即使整个世界都把你欺骗
死亡总还是忠心的伴侣

呵，花哭了，花哭着
雨幕关闭了人生的小戏
在那闪闪发光的天网之后
飘动着新人惨白的纱衣

1979 年 10 月

我好像……

我好像变成了植物，
再也离不开泥土。
爱情在哪里萌发，
也将在哪里成熟。

1979 年 11 月

我　问

　　影子!

　　为什么你老跟踪我?

谁叫你老跟着光明的

我跟踪所有走向光明人

　　那也不能改变我

　　走向光明!

于是你就永远躲不开我

我誓将追随你终身

1979 年 11 月

关于卷发

我不喜欢卷发，
就像不喜欢黑色的旋涡，
　　不喜欢旋转的浮叶，
　　不喜欢无端的喧闹和运动，
　　不喜欢暗礁，
　　不喜欢暗礁一样的等待；

还是让它静静地流吧，
从那光润的额前泻下，
没有妒恨，没有争辩，
在自然的山野中漫延……

1980 年 3 月

答　应

你说我的信过于冰冷
你说我的心没有温存
是呵，热烈的青春早已逝去
只剩下漫长苍老的严冬

假如你爱的是太阳
请千万不要向我靠近
即使太阳也不能溶化幻灭
反而会失去灿灿的光轮

相信吧，永远相信
相信我的善意和年龄
梦醒时你可以见到月亮
那就是我从前的爱人

1980 年 6 月

终　点

在梦里

我坐车

忘记了车站

一直坐到终点

天真黑呀

满地都是电线

我在找谁呢

一切都是“从前……”

1980 年 6 月

祭

我把你的誓言
把爱
刻在蜡烛上

看它怎样
被泪水淹没
被心火烧完

看那最后一念
怎样灭绝
怎样被风吹散

1980 年 6 月

灯

熔蜡凝固了
走马灯不再诱人

赏灯者艾艾怨怨：
火柴潮得不行

我只好接通电路
弧光照彻夜空

赏灯者捂住双眼：
是灯？ 怎么不怕风？

1980 年 6 月

远和近

你
一会看我
一会看云

我觉得
你看我时很远
你看云时很近

1980 年 6 月

田　埂

路是这样窄么？
只是一脉田埂。

拥攘而沉默的苜蓿，
禁止并肩而行。

如果你跟我走，
就会数我的脚印；

如果我随你去，
只能看你的背影。

1980 年 6 月

小　巷

小巷
又弯又长

没有门
没有窗

你拿把旧钥匙
敲着厚厚的墙

1980 年 6 月

解　释

有人要诗人解释
他那不幸的诗
诗人就写了
一篇又一篇解说词
越写越被叫好诗

后来他去了广交会
发现那里全是诗
于是他当选了解说员
人人说他很称职

再没有人要他解释
他那有幸的诗

1980 年 6 月

泡　影

两个自由的水泡，
从梦海深处升起……

朦朦胧胧的银雾，
在微风中散去。

我像孩子一样，
紧拉住渐渐模糊的你。

徒劳地要把泡影，
带回现实的陆地。

1980 年 7 月

街　景

黄白色
变质的太阳
在热尘中浮动
在天窗中滚荡
沸沸扬扬

天空
一条一条
像截下的纸边
被铜线和钢缆
反复捆绑

爱的海流
欲的汪洋
割裂的湿铁板
在恋人脚下
咯咯作响

1980 年 7 月

征 服

大厦
像巨型弹夹
被深深压入地下

公路
像蓝色弹道
在远处反复交叉

大自然
后退一步
发出低沉的威吓

1980 年 7 月

我的眼睛混浊了

我的眼睛混浊了
像污染的湖泊
汇入了这样多的杂念
被风扬弃的灰
为制造而喷泻的烟

我的眼睛混浊了
世界的影像又怎能圣洁
讲究卫生的使徒
请尽量早起
那时才有透明的露珠

1980 年 7 月

遗　念

我将死去
将变成浮动的谜
未来学者的目光
将充满猜疑

留下飞旋的指纹
留下错动的足迹
把语言打碎
把乐曲扭曲

这不是孩子的梦呓
不是老年的游戏
是为了让一段历史
永远停息

1980 年 7 月

瞬　间

疾风吹着肥大的叶片
形体在摇摆
间距在变幻
星星点点的土地
星星点点的蓝空
红褐色交叠的虫翅上
星星点点

这就是我的索求
雨水的折光
深海中鱼群变向的闪烁
黄金的细砂或淡白的花粉
一粒心火
一丝无知的笑
——瞬间

索求使我运动
从这个星系到那个星系
穿过紫荧荧的真空

弧形的轨道

斑杂的光谱和波

只有一个目的

使瞬间得以连接，继续

1980 年 7 月

在戈壁，我成了游牧者

在戈壁
我成了游牧者
走向被云朵沾湿的土地
春天的绿颜色
洇开又消失
含砂的太阳
在不停打磨
必须像青铜
对幻觉保持沉默

再无法停步了
因为有风
云就没有定居的可能
河流爬过的路
只剩一片苦涩
但生命呢
仍要继续，要活

在戈壁

我成了游牧者

1980 年 8 月

在淡淡的秋季

在淡淡的秋季
我多想穿过
枯死的篱墙，走向你
在那迷蒙的湖边
悄悄低语
唱起儿歌
小心地把雨丝躲避

——生命中只有感觉
生活中只有教义
当我们得到了生活
生命便悄悄飞离
像一群被打湿的小鸽子
在雾中
失去踪迹

不，不是这支歌曲
在小时候没有泪
只有露滴

每滴露水里
都有浅红色的梦——
当我们把眼睛微微闭起

哦，在暗淡的秋季
我没有走向你
没有唱，没有低语
我沿着篱墙
向失色的世界走去
为明天的歌
能飘在晴空里

1980 年 8 月

船要沉没了

船要沉没了
波浪不安地摇动
船长还没有离去
他在指挥搬运

我要沉没了
烛火不安地摇动
诗神也没有离去
在抢运我的灵魂

但愿真有大陆?
但愿真有永恒?

1980 年 8 月

在这里河流转弯

在这里河流转弯
笔直地穿过山涧
它变得有些勇猛
接连攻击着河岸

在这里河流转弯
抛下等待的荒滩
一个孩子站得远远
所有枯草都被吹断

在这里河流转弯
原因等着人勘探
大雁连成了一线
莫测的高天灰中透蓝

1980 年 8 月

弧　线

鸟儿在疾风中
迅速转向

少年去捡拾
一枚分币

葡萄因幻想
而延伸的触丝

海浪因退缩
而耸起的背脊

1980年8月

信　念

土地上生长着信念
有多少秋天就有多少春天
是象就要长牙
是蝉就要振弦
我将重临这个世界
我是一道光线
也是一缕青烟

1980 年 8 月

我的路

绿色葱茏的河岸
柳枝垂到地面

寸草不生的深山
怪石对着蓝天

人迹罕绝的星汉
消失了梦境和时间

1980 年 9 月

昨天，像黑色的蛇

昨天
像黑色的蛇
盘在角落
它活着
是那样冷
死了，更不会热
它曾在
许多人的心上
缓缓爬过
留下了青苔
涂去了血色

现在
它死了
压在一座
报纸的山下
难以捉摸
无数铅字
像蚂蚁般聚会

讨论着

怎样预防它复活

1980 年 9 月

我的信念

由于漫长的等待
我的心已不那么年轻

再不愿用泪去擦洗
圣坛上庸人的脚印

但我仍要坚持
向着纯美和永恒

不论是幸福的死
还是痛苦的生

1980 年 9 月

两　重

海岸很长
去两个方向

陆地广阔
烟雾可以流浪

洋面深远
云月可以漂荡

此刻站在海岸
却是看过西方看东方

1980 年 9 月

* 诗中“洋面”二字于发表中曾误写为“海洋”。

繁　衍

古老的海岸
新鲜的沙滩
长满牡蛎的十字架
歪向一边

繁衍哪
懦弱而又大胆
在锈蚀的死亡上
寻找生的空间

1980 年 10 月

规　避

穿过肃立的岩石
我
走向海岸

“你说吧
我懂全世界的语言”

海笑了
给我看
会游泳的鸟
会飞的鱼
会唱歌的沙滩

对那永恒的质疑
却不发一言

1980 年 10 月

答　宴

我端起那杯苦酒
对生活说：不够

在需要心的地方
请放上一块石头

1980 年 10 月

这不是神话

都说这不是神话
天使确有翅膀
他们自己飞上天庭
却把人都丢在地上

由于人云亦云的信仰
我总遥望着上苍
想着是因为自己有罪？
还是天上住房紧张

1980 年 10 月

再 见

你默默转向一边
转向夜晚

夜的深处
是密密的灯盏

它们总在一起
我们总要再见

再见
为了再见

1980 年 10 月

空　隙

空隙
石块和木板的疏忽
引诱着
偷偷窥视的眼睛
左轮枪转动
屏息的准星

春天在呜呜作响
种子在寻找阳光
一个蜈蚣
像弹链样甩动，消失

空隙

1981 年 1 月

雪　天

雪天
站牌一动不动
像个忠实而孤独的丈夫
等待

那个车来了
庞大而琐碎
像个真正的妻子
为了最后一点恪守
忍住气喘
低着头又走开

1981 年 1 月

为什么这样

为什么这样
诗人
为什么要用诚实的诗
去换取
虚假的爱情

为什么这样
诗句
为什么要用清澈的诗
去换取
混浊的政治

为什么这样
诗灵
为什么要用崇高的诗
去换取
卑下的生存

1981 年 2 月

请拿起这枝花

请拿起这枝花
既然已经折断
去走你的路
在凝结的沙海上隐现

让风在愿意的时候
吹去任何一瓣
让属于星星的道路
在空中飞散

最后请走进圣坛
再近些
将枝条扭弯
重温那脆弱的瞬间

1981 年 2 月

雨（二）*

人们拒绝了这种悲哀
向天空举起彩色的盾牌

1981 年 3 月

* 作者写有另首《雨》，这里编者加“（二）”以区别。

春天死了

还有什么要说？
还有什么能说？

春天死了
她没有悔过

沉没的大地上
漂满花朵

1981 年 3 月

古代战争

马铁和刀饰在阳光下闪耀
流苏和盔缨在硝烟中飞飘
死
死的光荣谁都需要
欢迎死神的仪式
比欢迎上帝
还要热闹

方队到齐了
站好
举起那神圣的花布片
吹号

为了使母亲痛哭
为了使孩子骄傲

1981 年 4 月

我的墓地

我的墓地
不需要花朵
不需要感叹或嘘唏
我只要几棵山杨树
像兄弟般
愉快地站在那里
一片风中的绿草地
在云朵和阳光中
变幻不定

1981 年 4 月

命运在向我示意

命运在向我示意
用一座树林的声音
用默许
用云层下渐渐褪色的海洋
用带孔的石头和分币

命运在向我示意
用一个不，或一个微笑
用分离
用连续不断的墙和号码
用暗红色热情的土语

命运在向我示意
用敲打铁器的动作
用戏剧
用屋檐下水泡诞生的故事
用氢气球的美丽

命运，你在示意

可惜我不懂，只会胡乱翻译
还是蠢笨地
收下一切吧
让未来的孩子去处理结局

1981 年 5 月

给一颗没有的星星

你为什么总在看我
你是孤独的
你没有天鹅星那么美丽
没有那么众多的姐妹
从诞生起就是这样
这不是你的过错

然而，我是有罪的
我离开了许多人
也许是他们离开了我
我没有含笑花
没有分送笑容的习惯
在圣人面前经常沉默

沉默，像一朵傍晚的云
我不知道
不知道你要什么，真的
合欢树又遮住一小半天空

猜吧，还有许多夜晚
“我需要你不再孤独”

1981 年 6 月

＊ 诗题曾写为“给一颗想象的星星”。此以作者 1993 年所编《海篮》集为准。

我的心爱着世界

我的心爱着世界
爱着，在一个冬天的夜晚
轻轻吻她，像一片纯净的
野火，吻着全部草地
草地是温暖的，在尽头
有一片冰湖，湖底睡着鲈鱼

我的心爱着世界
她溶化了，像一朵霜花
溶进了我的血液，她
亲切地流着，从海洋流向
高山，流着，使眼睛变得蔚蓝
使早晨变得红润

我的心爱着世界
我爱着，用我的血液为她
画像，可爱的侧面像
金玉米和群星的珠串不再闪耀

有些人疲倦了，转过头去

转过头去，去欣赏一张广告

1981 年 6 月

画题《转》

1981 年 **7** 月—**1987** 年 **5** 月

北京及国内诸地

也许，我不该写信

也许，我不该写信
我不该用眼睛说话
我被粗大的生活
束缚在岩石上
忍受着梦寐的干渴
忍受着拍卖商估价的
声音，在身上爬动
我将被世界决定

我将被世界决定
却从不曾决定世界
我努力着
好像只是为了拉紧绳索
我不该写信
不应该，请你不要读它
把它保存在火焰里
直到长夜来临

1981 年 7 月

在这宽大明亮的世界上

在这宽大明亮的世界上
人们走来走去
他们围绕着自己
像一匹匹马
围绕着木桩

在这宽大明亮的世界上
偶尔，也有蒲公英飞舞
没有谁告诉他们
被太阳晒热的所有生命
都不能远去
远离即将来临的黑夜
死亡是位细心的收获者
不会丢下一穗大麦

1981 年 7 月

假如歌曲再也不重复

假如歌曲再也不重复
可爱的绿海洋就会干枯
在那蝙蝠鱼滑水的地方
就会现出一片山谷

山谷是棕黄的，没有植物
没有风在阴影中吹抚
人在干什么？ 在悄悄走路
用一张纱网把世界束缚

在夕阳里，飘着许多
垂放细丝的红蜘蛛

1981 年 10 月

小　贩

在街角
铺一张油布
四边是路

他们很灵敏
是网上蜘蛛
他们很徒劳
是网中猎物

1981 年 11 月

爱的日记

我好像，终于
碰到了月亮
绿的，渗着蓝光
是一枚很薄的金属纽扣吧
钉在浅浅的天上

开始，开始很凉

漂浮的手帕
停住了
停住，又飘向远方
在棕色的萨摩亚岸边
新娘正走向海洋

不要，不要想象

永恒的天幕后
会有一对鸽子
睡了，松开了翅膀

刚刚遗忘的吻
还温暖着西南风的家乡

没有，没有飞翔

1982 年 2 月

小春天的谣曲

我在世界上生活
带着自己的心
　　　　　　　哟！　心哟！　自己的心
　　　　　　　那枚鲜艳的果子
　　　　　　　曾充满太阳的血液
我是一个王子
心是我的王国
　　　　　　　哎！　王国哎！　我的王国
　　　　　　　我要在城垛上边
　　　　　　　转动金属的大炮
我要对小巫女说
你走不出这片国土
　　　　　　　哦！　国土！　这片国土
　　　　　　　早晨的道路上
　　　　　　　长满了凶猛的灌木
你变成了我的心
我就变成世界
　　　　　　　呵！　世界呵！　变成世界

蓝海洋在四周微笑
欣赏着暴雨的舞蹈

1982 年 4 月

猿人之猎

由于饥饿的拉力
人的嘴歪向一边
褐色的愿望不停抖动
弓弧越缩越短

野兽突然弹起
撞碎了宽大的叶片
一缕真空的声音
总在后面追赶

鸟类们传播着智慧
芦竹变成了飞箭
它很想得到血液
把指尖涂得鲜艳

也许有一声鸣叫
变得曲曲弯弯
那些固执的大青藤
正是这样被扭断

死亡虽然丑陋
却能引起赞叹
渐渐聚拢的脚步声
还会向四面分散

已经脱落的树皮
也有报答的意愿
只要闪电降临
就会有跳舞的火焰

1982 年 5 月

佛　语

我穷
没有一个地方，可以痛哭

我的职业是固定的
固定地坐在那
坐一千年
来学习那种最富有的笑容
还要微妙地伸出手去
好像把什么交给了人类

我不知道能给什么
甚至也不想得到
我只想保存自己的泪水
保存到工作结束

深绿色的檀香全都枯萎
干燥的红星星
全部脱落

1982 年 5 月

旗　帜

死亡是一个小小的手术
只切除了生命
甚至不留下伤口

手术后的人都异常平静
像一个岛屿睡在床上
风暴还没过去
在白色的港口周围
聚集着捕鲸的船队

为了生活下去
人们创造了灵魂
创造了自由自在的帆
它们不受绳索的折磨
它们能在陆地上航行

1982 年 6 月

* 诗的第四行以下,作者曾删去。

一个帝国士兵的末日

那颗命运的子弹碰到了你
一霎时一切就变得十分可悲
你忘记了锋利的裤线和军礼
像一条无鳞鱼被沼泽捕获

你抓着发凉的湿土来回翻滚
无声地嘶喊着要摆脱痛苦
那发烫的伤口焊接在身上
比总督的勋章要真实百倍

迟缓的火焰一直燃烧下去
正一点点把灵魂变成废墟
它燃烧着，固执得像时间
全世界的海水都无法阻挡

你在和陌生的泥土相依为命
你遥远的妻子却在等待

她穿着白睡衣关上窗子

在熄灯前轻轻亲吻着圣母

1982 年 6 月

有时，我真想

——侍者的自语

有时，我真想
整夜整夜地去海滨
去避暑胜地
去到疲惫的沙丘中间
收集温热的瓶子——
像日光一样白的，像海水一样绿的
还有棕黄色的
谁也不注意的愤怒

我知道
那个唱醉歌的人
还会来，口袋里的硬币
还会像往常一样。 错着牙齿
他把嘴笑得很歪
把轻蔑不断喷在我脸上

太好了，我等待着
等待着又等待着

到了！　大钟发出轰响

我要在震颤之间抛出一切

去享受迸溅的愉快

我要给世界留下美丽危险的碎片

让红眼睛的上帝和老板们

去慢慢打扫

1982 年 6 月

猎　神

——非洲写生

（一）

兽皮，树叶和你
一同从森林中走来

你的眉弓间画着月亮
你漆黑的脚踝上闪着黄金
你有铁环一样巨大的微笑
你的微笑，便是一片夜晚

（二）

所有的灌木丛都布置好了
都不敢呼吸

大野兽把脚步放轻
花纹在无声地飘动
小野兽转着耳朵

上边的血脉无比细微

（三）

拉紧，拉紧，突然
古老的弦断了

生命变成了一股凉凉的空气
变成了巫师的歌
和朱红的氏族图案
安放在历史的玻璃板下

（四）

这是一个早晨
海波把遥远的喧哗推向今天

你自然地面对太阳走来
像是面对着燃烧的炉口
你使死亡那样暗淡
你是黑色的神，统领着森林兄弟

1982 年 6 月

在深夜的左侧

在深夜的左侧
有一条白色的鱼
鱼被剖开过
内脏已经丢失
它有一只含胶的眼睛
那只眼睛固定了我

它说
在这深潭的下游
水十分湍急
服从魔法的钢钎
总在绝壁上跳舞
它说
所有坚强的石头
都是它的兄弟

1982 年 6 月

分　离

黑色的油污从山谷中浮起
乌鸦会飞
会带走我的羽毛

我还将留在世界上
在熄灭的细草中间
心最后总要滚动一下
才能变成石子

我知道历史
那个圆鼓鼓的商人
收购羽毛
口袋和他一起颤动
在习惯的叹息中
走下山去

1982 年 8 月

佃　农

他被迫地走过许多路
那些路
都纵横在他的脸上

他甘愿地走过许多路
那些路
都迷失在他的心上

他固执地走过许多路
那些路
早已刻在了他的命运里

1982 年 8 月

这个世界上的人

这个世界上的人
白的，说是像白雪
黑的，说是像黑炭
雪会化掉呵
炭会成烟呵
那就还有不黑不白的
那就说像水泥
水泥会被打湿
还会被烤干
既不会溶化
也不会冒烟

1982 年 8 月

在白天熟睡

人们在黑夜里惊醒
又在白天熟睡

他们半闭着眼睛微笑
慢慢转过脸去
阳伞也会转动
花朵会放好裙子
松懈的恋人
会躺在绿长椅上发呆
石块上睡着胖娃娃和母亲
稀脏的男孩会把腿弄弯
哼哼着要去看狗熊
老人会通烟斗
会把嘴难受地张大

太阳也在熟睡
在淡蓝的火焰中呼吸
瞬间没有动
云和石棉布是雪白的

铝是崭新的
银闪闪变形的疼痛
正在一粒粒闪耀

夜晚也没有移动
在照相馆
风凉凉地吹着
在各种尺寸的微笑后面
风凉凉地吹着
那个空暗盒是空的
灰尘在发困

1982 年 8 月

在尘土之上

尘土可以埋葬村庄
可以埋葬水
埋葬在水边开出大片花朵的愿望
可以在远离水鸟的内陆
吸一口气
让风吹出细细的波浪

我始终相信
人类不会这样灭亡
雨在谷地和新鲜的平原上飘洒
他们在密集地走动
紫云英在软软的墓地上生长
他们走动的姿态在渐渐改变
天空开始晴朗

1982 年 8 月

订　婚

这个世界是唯一的
人都要回家
都要用布把星星盖好
然后把灯碰亮

影子扑倒在墙上
好像出现了门
接着又拖到床下
去啃那捆过时的消息

经过折叠的礼貌
悬挂在糕点旁边
客人们研究一番水彩
就用勺去划瓷器

妈妈叫女儿了
声音不长不短
水流平稳地抚摸着
没有洗净的碗碟

她在走廊尽头
靠紧钉死的窗子
河流在远处抽动
似乎闪耀着恸哭

1982 年 10 月

梦幻录像（五）

古建筑摩登地
在金红的街上涌流
洋建筑落伍地
在灰蓝的路上喘息

所有所有你
所有所有我
都属于
从不存在的小巷

1982 年 11 月

梦幻录像(六)

世界地震时
我正站在他背后
没有觉得

前边的人躲避墙
躲堡垒和纪念碑
跳离一个个瞬间
像鸟一样
爱上了不能结婚的天空

我没有天空
也没有地震
我上车就等人下车
我在等座位

1982 年 11 月

都　市

每扇门
都吐出一些人来
拖着伸缩不定的影子
在那碗大甜羹里游动

月亮早就腻了
别理它
还是想梧桐
它没有摸到电线
就被砍去了左手
甚至不能
换一个姿势
等待情人

1982 年 12 月

土　地

我轻轻触到了你
干鬃毛又硬又厚
许多肥大的母獾
就这样睡着
紧紧地 用鼻孔
抵着土穴 忍着
暗红色猩热的呵欠
忍着旧砖块
摞起来的梦 决不理会
蜜蜂的痛苦

我轻轻地属于你
我的愿望 并不
迟钝 有把小刀
在皮革上来回擦着
危险的彩虹
危险的海的笑声
没有谁 在早晨

在蓝天的窗前
卷起过
熊的影子

1983 年 1 月

走向浴场

在一阵阵干燥的风中
翻过山脊
遇见了匆匆忙忙的雨

我说：你替我哭吧
这些树干死了
再不能像水蛇一样游弋

我还要到山下去
去劝说深绿的水纹
去劝说鱼

去劝说那些
湿精精的小身体
不要靠紧墙壁

1983 年 1 月

转入静物

春天在草坡上呢
整理松散的头发
鲜红的发箍缩成一团
大白猫代表太阳
回头看着
老想一晃而过
反光是棱形的
窗子总开着
窗帘垂着
总要躲开风的接近

室内，有红木的小鸟
有青铜的鼓在敲
时间不早了
五万年前
河流就切开了
松软的高原
人类就走下河谷
在冰水中寻找什么

他捡起一块卵石
研磨着早晨的食物

面包，最美的静物中
总有面包，新鲜的
充满了明亮的呼吸
餐刀更厉害地亮着
使人想起德国
还有什么
一个杯子，一个杯子
平整的手绢
几个刚剖开的果子
愿望十分洁净

1983 年 2 月

曾　经

肩膀宽阔的楼
沉默着
围绕着那棵树
唯一的树
沉默着
想着沙土
每个远道而来的星星
都要经过检查

那棵树
把枝条垂到地上
软弱得像一个
末代皇帝
被围绕着
他有过许多青色的姐妹
有过早晨
他们一起
包围过森林小屋

1983 年 2 月

城里淅淅沥沥

城里淅淅沥沥
没有一只喜欢水的鸟
一只得意的鹅

一种蠢笨的欢乐
在近处呼叫

所有人都是塑料制品
男的或女的，都是

手不是
它刚刚发芽
属于书包

1983 年 3 月

延　伸

城市正在掘土
正在掘郊区黏湿的泥土
它需要

一队队新鲜的建筑
一队队像恐龙一样愚钝的建筑
向前看着
角上菱形的甲板
被照得很亮

城市向前看着

鸟在月亮里飞
灰色的鸟飞过月亮
那些树没有树皮
很干净
现出新婚时淡淡的光辉
那些古树
那些被太阳疯狂揉过的绿草

那些前额始终低狭的板房
蹲在那
不太高兴
不想管身后的事情

在钢铁肥厚的手掌下
在龙虾不断拨动的水沫中
是最后的花了
是最后的花了
最后的春天
紫色还那么胆小
金黄色还那么忧郁

我在想第一次亲吻

1983 年 3 月

楼厦间，有风吹来

楼厦间，有风吹来
湿湿的风
我不想这个城市
叶子巨大地翻转着
落叶遮盖了水管
我不想知道
门上有绿色的铁
窗子上有铜
窗子上有绿色的铁
门上有铜
我不想知道
软弱的花跌落下来

在远处，很远
在更清凉的夜色中
你走过堤岸
海水忧郁地并排走着

你走过长长的堤岸
在曾经存在的两端

1983 年 4 月

都市留影

一

在烛火和烛火之间
亮着残忍的黎明

整个帝国都在走动
都在哗哗地踏着石子
头盔下紧收着鼻翼

二

这是一种享受
中午的风吹着尘土

筒裤向前汹涌

三

有人在涂油漆
时间滴落在地上
有人在涂黏稠的奶油

不幸有一股怪味

四

我在桥上弄鞋跟
防止道路脱落

春天在桥下
不高，唇不红
口袋里有去年的酸果

五

下桥，向后转弯
有公园

晒热的水到腿上
更衣室里没人

影子有罪
在阳光下齐齐地铲土

六

“还可以去找证人”

废水在雪地上流着
青蛙在树上大叫
青虾是一种夜晚

还找证人

星星的样子有点可怕
死亡在一边发怔

1983 年 6 月

夜　航

那个黄颜色过道始终响着
低低的笑声

褐色的水在底舱流着
在各种管道里响着
褐色变成了水汽
很哑很哑的笑声
很哑很哑越来越重的水汽

门开了是一个人
一个人走不进来
到处涂着油漆
水星星落在脚上
到处涂着温暖绝望的油漆

我喜欢干净的水
我喜欢水的墙壁
我把手贴在墙上
温水在我脚下升起

温水闷死了一声吼叫

银色的圆的责备
我在一个地方赤裸地站着
紧紧收着两翼
锈了的铁把尖端磨光
充满光辉沉重的河水

船在远处一漂一飘
那个笑过的没人的过道

1983 年 6 月

我承认

我承认
看见你在洗杯子
用最长的手指
水奇怪地摸着玻璃

你从那边走向这边
你有衣服吗？
我看不见杯子
我只看见圆形的水在摇动

是有世界
有一面能出入的镜子
你从这边走向那边
你避开了我的一生

1983 年 6 月

在幽幽的水沟这边

在幽幽的水沟这边
头发灰白的人
提着水桶
水中有菱形的光亮
水沟在树林边缘

许多瓶子升起
窗子也同时起落
窗上有棕色的粉尘
黄昏的鱼
在显示内脏

在空气中摘下锁绊
薄的铜壳像鳃
灯亮着
在木楼梯的木梯间里
许多古书在写古诗

吃饭前总要等谁

露台上有圣徒

门上有一个把手

用月亮把天打开

门里有放好的圆桌

1983 年 6 月

浅色的影子

浅颜色的影子在接纳秋天
夏天的鸟呢
胸衣在平台上飞着
很久，很久的风在天上
紫色的秋天
白色的鸟在光束间飞舞

现在的问题是窗子
夫人温热的透镜
花蔓像金属一样
在边缘生长
从拜占庭，从很久以前
水晶就显示了死的美丽

我们说黑夜
我们长方形的火焰和瓶子
那紫色告诉过我们什么
那节节草可以调节的钟
时间在每颗砂子里颤抖

红色的大蚂蚁叫做生命

永远不会有风
一队队尘土可以驰去
可以说
云躺在狗的床上，被抬着走
可以爱，很美的叶子
使血液充满波纹

1983 年 7 月

“一切很好”

“一切很好”

我不知道还有什么

可以在寂静的死中燃烧

还有那滴雨和鲜血

可以带来微笑

我们都在灰暗的街上颠颠行走

被细致地分类

被装进每天都开启的箱子

灰色的云和我们一起上工

我们看着脚上的鬃毛

我们变成过狼群，在石块中

现在又变成了羊

我们颠颠

走着，闪闪的

泪水，发不出一声嚎叫

我们的影子总不说：很好

影子把嘴伸向路边

他们让我知道，箱子里有麦草
箱子里有麦草，箱子里有麦草

1983 年 8 月

* 作者编辑《海篮》集时将诗第三行的“死中”改为“夜里”。

许多时间，像烟

有许多时间，像烟
许多烟从艾草中出发
小红眼睛们胜利地亮着
我知道这是流向天空的泪水
我知道，现在有点晚了
那些花在变成图案
在变成烛火中精制的水瓶
是有点晚，天渐渐暗下来
巨大的花伸向我们
巨大的溅满泪水的黎明
无色，无害的黑夜的泪水
我知道，他们还在说昨天
他们在说
子弹击中了铜盘
那个声音不见了，有烟
有翻卷过来的糖纸
许多失败的碎片在港口沉没
有点晚了，水在变成虚幻的尘土
没有时间的今天

在一切柔顺的梦想之上

光是一片溪水

它已小心行走了千年之久

1983 年 9 月

我仰望过这里的葡萄

我仰望过这里的葡萄
我的牙齿一粒粒发亮
我的秋千一次次在空中散开
我的额心碰到太阳

我一生都在爱那个秋天
那个绿色和紫色的默想
凉凉的傍晚在叶缝里吹气
薄薄的日子上有一层甜霜

现在那一切已溶化干净
新锯开的小木屋里只有沙浆
再没有小白狗一下跳进水里
也没有在山顶吃草的月亮

再不能把大木床搬进竹林
满目可见都是一种楼窗
长大的女孩全在灰云中行走
走进家就把门轻轻插上

剩下的树都在街上生锈
有时说说毒品和手枪
一些灯像针孔样昼夜发炎
还有些像是弹弓枪留下的小伤

大货轮在港口长长地哼着
铁门里滚出男人和菜筐
现在的葡萄再不用久久仰望
它长在小贩们潮湿的手上

只剩下雨还在数那些日子
没用的心都跑到金链条上摇晃
我梦见太阳把云照得透明
透明得几乎发出轰响

1983 年 10 月

相　合

我结婚了
一天到晚听
屋顶漏水的声音
我们看不见
　　两边的爱情
它和蛇在风中舞蹈
嘴唇是铁锚的嘴唇

光把我偷到一张纸上
让我把人类引向广场
然后陷我于绝境
摸摸我画的叶子
又帮我画出四肢

1983 年 11 月

分　布

在大路变成小路的地方
草变成了树林

我心里荒凉得很
舌头下有一个水洼

影子从身体里流出
我是从一盏灯里来的

我把蟋蟀草伸进窗子
眼睛放在后面，手放在街上

1983 年 11 月

* 作者编辑《海篮》集时将诗题改为“布”。

剥开石榴

安达曼海上漂着自由
安达曼海上漂着石头
我伸出手
向上帝傻笑
我们需要一杯甜酒

每个独自醒来的时候
都可以看见如海的忧愁
贤慧的星星
像一片积雪
慢慢吞吞地在眼前漂流

就这样无止无休
最大的炼狱就是烟斗
一颗牙
几团光亮的尘沫
上帝从来靠无中生有

那些光还要生活多久

柔软的手在不断祈求
彼岸的歌
是同一支歌曲
轻轻啄食过我们的宇宙

1984 年 2 月

诗从我心中走出

诗从我心中走出
去接受自己的命运
我独自呻吟了很久
那只脚，本可以在地板上放着
可却在他脸上放着
他独自呻吟了很久
在另一半梦里
我们又忙着搬弄天花板上的石块

魔鬼留下的食物，有油
油一直向门口流去
阳光夹住我的双臂
梦是一个山洞，你别一个人走
阳光喷到雾里
许多老人和街一起
在晒太阳，苍蝇爬着
暗中飘出的手，带着棕红色权力的粉末

1984 年 2 月

* 诗末句中的“棕红色权力的”几字初发表时曾被删去。

定　律

在车辆，在柜橱中，排列着时间的光影
白天和黑夜，从这里取走积蓄

这是远东的雪，也是春天严肃的花盘
木槿花的蓬勃，将属于行人的衬衣

沙漠上有商队，正如黑竹上有诗章
在同一思潮里，桌子调整了方向

水流从两边驰去，露出耀眼的风暴
一大片湖岸的耕地，有砂浆也有软泥

一个人在呼喊，在收集播下的种子
在我们的生前和死后，上帝都喜欢面具

1984 年 3 月

隔着广场

隔着广场是新立的规则
规则立下就开始交通
中门下车后门上车
前门留着给猩猩

她们钉子一样精确
精确到不说一句坏话
就连眼睛的转动
也足以杜绝视听

关于鞋和动物园的关系
一直透露到了广场
挤脚并非关键
关键在于适应

1984 年 4 月

在村外走着

在村外走着
又漂亮，又孤独

在大地的凉风中给你写诗

我把铁指环
投向波澜起伏现出面包的耕地

我的歌声和我穷困的名字

是鲜花的种子
是风暴中垂下的白色火焰

1984 年 6 月

分　工

我知道所有认识的人
都在演同一个电影
路边，耙子耙草
去年的树荫
去年就干过的衣服
另些谁都不认识的人
长出巨大的枝干

1984 年 6 月

外　象

我和一个小男孩，把树枝插向水底
我们要阻挡河水，我们在准备砖块
水奔突出来，又弯成巨大的弧形
我们被水花惊吓，桥下浮动着阴影

知了叫了一个中午，我们非常兴奋
回到家还说着，拿枕头继续当堤坝
第二天又去看它，第三天就遭到威胁
河水还有声音，从此将我追踪

多少年月过后，我在树荫下看书
爱人说起河水，我想起男孩的工程
我再不会兴奋和惊恐，我知道世界的本性
阳光和叶子都有浪花，哭声是泉流的潜层

1984 年 7 月

我们用什么看守呢

一棵树像一个帝国
它有十万片叶子，还有十万片叶子
所有叶子损失后都能补充
所有叶子都是强大的
所有枝叶都在大路上前进
在一个地方失败了
在一个个地方却取得胜利
没有什么能抵抗它们
大地不能战胜它，天空也不能
它夺取了泉水和阳光
梗在天空大地之间

然后衰老会来的
这个敌人离得并没多远
就驻扎在生机勃勃的叶脉中间
在鸟雀也不能觉察的最细微的欢乐里
衰老也筑巢，静悄悄地并不像个侦探
不管鸟叫算不算警报
它会败的，一瞬间它就败了

一切叶片都背叛了它，投向衰老

被俘的枯枝瑟瑟求饶

我惊讶地看我们的四肢

我们用什么看守呢

1984 年 8 月

出　土

（一）

他脸色苍白地活着
他的血在死人的手上涌出

他一生都在摸着牙齿
一粒一粒在黑暗中笑
他伸出手去捉黎明前的雾气

他站在记忆外边
提着翻倒的箱子

（二）

死人在活人中间腐烂
慢慢地滴着
在活人中
拔着草，滴着水

死人在活人心上
也拔草，滴着水

滴着，也许可以
变成树木

（三）

这都是王朝的头骨
石柱已经碎了
许多的身世已经干枯

罐子又到了手上

（四）

你摇摇晃晃地走到街上
希望找一辆马车
来摆脱想象
来摆脱那一大堆尘土蒙蒙的太阳的飞鸟

你不要想象

你只要扶着墙
让一场雨把大地冲洗干净

1984 年 9 月

熔　点

阳光在一定高度使人温暖
起起伏伏的钱币
将淹没那些梦幻

橘红色苦闷的砖

没有一朵花能在土地上永远漂浮
没有一只手，一只船
一种泉水的声音

没有一只鸟能躲过白天

正像没有一个人能避免
自己
避免黑暗

1984 年 9 月

失　误

我本不该在世界上生活
我第一次打开小方盒
鸟就飞了，飞向阴暗的火焰

我第一次打开

1984 年 11 月

补　色

一个被唾弃的村子炊烟缭绕
一个罪行穿着红色的夹袄
在停车的地方
一个人慌慌张张
长短不一的香在手中燃烧
写新故事的人已经逃跑

仔细看墙上的饰纹
竟是中古的经文
长短不一的香烧成了一捆
陪我看的人大发议论
最后讲起自杀的憧憬
偷听着就泣不成音

几年前有过一个夏天
蓝布人劝我也是泪水涟涟
说投稿投稿寄那些纸片
不知道我姓陈或者姓严

说到哪里我也不能停止

不停止就一直吃安眠药片

1984 年 11 月

寂

我们的伙伴中
有一个离开了
在时间上钉一个图钉
她用一根湿漉漉的裙带
拉住自己
拉着离开了我们

星期六她还在看
别人的尼龙袜
说　如果我星期一
不给你钱
我就不要了

她星期天
就跳进了
凉凉的水里

1984 年 12 月

* 这首诗作者写有注字:(听得中影公司一17 岁女孩离去)。

民　族

民族移动着
像白天和黑夜
一个黑夜的种族
在白云中发亮

他的内心像玻璃
被风暴摩擦
在暴雨过后
被那张光秃秃的脸看着

那些脸白色和黑色向他暗示
他们像葵籽一样密集
他们把这些籽撒了
让那些齿轮铸造人生答案

蓝天下有装血的罐子
当蛮族的部队前进以后

民族像孤岛

悬浮在所有死亡之上

1984 年 12 月

救　灾

快倒时靠住一棵树
身后据说是虚无
那些鸟巢在痛苦中爆裂
鸣叫声还没麻木

许许多多年轻的脸
我不能记住
阳光深深陷进眼眶
种子在远处哭诉

人掀开被单
白被单把人印得到处
不理睬那只眼里的冰霜
和弥漫开的尘土

1985 年 1 月

回　乡

有人说起我种牛蒡
现在那片土坡长着麦子
木门里一片墨黑
墙上有紫豆花的颜色
到村外就没有夜晚
我在好几个梦里来过这里
我找我留在那里的子弹
三个地方都没找到
那个人笑着守护土堆
我可以同时穿过树叶

最后的人都躲进喧闹
空气和窒息搅在一起
你们在门口谈谈工资
说明天要相互提示

1985 年 1 月

断　绝

一个可怕的消息
在空中飞跑
窗子张开大嘴
消息击中火苗
火苗伙同草莓
冒烟冒过楼道

总统放下茶杯
秘密粘死在牙上

1985 年 1 月

悖

在沉睡中重新变成河水
你们不想得到人生

那些猪肝发出吼叫
几块股骨也开始接吻
室内所有叶状的食物
都柔软地匍匐在孩子周围

我们的形体是个噩梦
紫灰色和黄颜色相互吞食
细密的触丝绕成颅顶
忧郁和明亮中没有灵魂

1985 年 2 月

我不愿与人重逢

我不愿与人重逢
那会让我想起毁坏的生命
树枝后涌起泡沫
波浪也失去弹性

哑着嗓子在说什么
说我们已消耗殆尽
我们从没离开一个地方远去
也从没一个地方保存我们

过去在一切之外
我们就是证明
缩进螺壳想象海水
真实是一根铁丝

有时真觉得无话可说
就这样在大地上睡眠

那回忆一直响着

直到变成轰鸣

1985 年 5 月

失　明

接受统治的人就是统治本身
机器、墙、鼻、嘴联合企业
一出门就被阳光逼住
不得不匍匐进注满阴风的楼影

黄花菜下有个虫洞
一挖就有了一个大鬼精
用一种玫瑰色做火做衣服
整个工作像一片飘过的灰云

阴云和大地合谋热爱
痛苦的墨绿叶子饱尝悲哀
悲哀的梦又给投进水里
许多人就匆匆忙忙生长出来

那天下午发生了别的事情
有人哭泣着走进大厅
绿耳朵圆圆的垂着不动
诗无时间却有过程

暴力能给人血的感觉
从人间挣扎着把东西分开
尝到的世界黏在了嘴边
木匠的形状把生活压成薄片

1985 年 6 月

有无说

有限之有
无限之无
无有之限
限之有无
之限无有
无有之有

1985 年 7 月

* 作者曾于每行后为汉学朋友写注：·有界限的事物为“有”/·无界限的事物为“无”/ ·而原本并无界限/ ·却分别出了“有”“无”/·当你明白了原本界限并无/·你方能成为“无有”的“有”（亦曾写为：你方能成为自“无”中而生的“有”）。其中第五个“之”字作“知”解。

业　务

假如要做商人
我就去卖石头
每块都很古老
来自宇宙之初

我在上边刻花
刻上一个鬼脸
我把它们磨平
弄得坑坑凹凹

1985 年 8 月

小时候

小时候醒来　天气很好
　我就觉得　有一件好事等我
　　这件好事像节日
　　　又大又亮

天黑了　我就被网缓缓提起

我们所遵从的
只是多数人的看法
　　既不是客体本身
　　也不是愿望本身

当他看书的时候
一个脚步声在他身后停住
那是一个秋叶飘飘的下午

1986 年 1 月

广场上有雾

你对人说我
说看不见我的时候
我总在看电视
又说电视我是不看的

我说绳子是满意的
因为石头不来捆它
我一发表感想
站在光里的人就都瞎了

还可以看太阳
还可以看太阳
说来的是个什么世界
这么说着就下了台阶

1986 年 1 月

呼　吸

——所以我写诗

出于偶然的兴趣
说出一个故事

而大地如歌
到处堆满聪明的叶子

写诗的理由完全消失
这时我写诗

写一点
就活下去了

你不呼吸么？
你不写诗么？

1986 年 1 月

往　日

又不是哭泣的日子
你住雨房子
你出来时穿红衣服
或者说，整个都是红的

搬家时不抬走箱子
就在野地里放着
阴阴的麦田绿禽起伏

1986 年 1 月

我知道

我知道
我不应当吃东西
我紧咬嘴
也不说话
也不伸出手

马路弯到下边
那个穿黑衣服的人
就会从里边
把我解开
让我从高于膝盖的地方
走掉

人死了
就让白色的床自己躺着吧

1986 年 2 月

我们带着肢体前进

我们带着肢体前进
走过大地时遇见火和寒冷
太阳数一数我们的脊骨
就开始了新的操纵

耀眼城市的墙上
干土正在撒落
死亡刚一鸣叫
肢体就发布惶恐

红铁上的眼泪
被滑润地推入枪膛
一棵树的两个鸟巢
成为风景的宝石

肢体不懂欣赏
声音多么寂寞

蓝色的天空之下

我们是谁的主人

1986 年 3 月

屋　顶

上帝你不会抛弃人吧
我知道你不是船
也不是屋子
尽管这个屋顶无穷之大

在屋顶下等你
神往你的光辉
唯这光辉
使人呆望而不黯淡

你不说话
让每个人想象
彼此抚摸静静飘浮
暖暖有生命的感觉

1986 年 3 月

本世纪（二）

在海边发烧，我不吃西药
中药有好几味，有一味是军阀
他考我木匠，我就磨刨刀
刚磨好，梦就没了，想显丕
就在深渊上烧了纸片

本世纪
书都变成了狗
跳在机器大狮子周围

1986 年 4 月

* 作者以此诗题留有三首诗。第一首写在 1984 年。诗中“显丕”为作者原字。应是“显摆”的另一写法。

本世纪（三）

我们被扔在床上
像是一场疲惫的收获
自由让硝烟到处都是
那些人被悄悄埋了
明亮的衣服在街上走着

银行比钱还多
推土机中午休息
一只又一只狗
站着，叫着
她的眼睛悲哀得像片枯叶

1986 年 4 月

瀑　布

存在就是规律
规律就要服从
人代表世界杀害自己

那道瀑布有无声的临近
洗去我和亲人，最坚忍者
也只能看见自己的眼睛

她精力旺盛得像一个菜园
我们的不幸有所区别
我们都是睡瓶中扭转的饰纹

没有书我们就读叶子
我也许是那些还会游泳的黄金
白木桩让平原听到声音

空气中的光明

使我们的手对称

1986 年 5 月

日　益

他们在柱子的灰烬中间
被一阵阵记忆所侵扰
手莫名拍到鼓上
生命由此奋起

叶子四下舒展
箭翎翻覆如歌
笛声亮于太阳
倾诉的并不是一件事情

1986 年 5 月

革　命

上天的手
写下那些字

平原上的暴行
小小宇宙中的舞会
不是谁践踏了谁
绿草丝缠住了所有车轮

大海并没有翻身
蓝色还那么干净
它只用一根吊线
就弹碎了水珠的安宁

绿草在墓石中延伸
一支木笛持续发音

1986 年 5 月

西　岸

充满暴风雨的大树林子
车到时刻
　　　　没车
左脑说等
右脑说走
脚一动一磕
手帮了脚
神经元 778 说对
887 说错
手没了辙
意识前说集权
意识后说民主
眼睛看见了什么
　　　　　车来了！
肝脏怎样
心脏如何
上车未必该上
活命未必该活
　　　　　车开了

没有上车

没有暴风雨的大树林子
一个湿透的人
脸又青又白
嘴又张又合
千百万个发言
热烈继续
大脑气息微弱

1986 年 5 月

何　为

经过绿绒绒的屋顶

　　就是人了

大地给灌满泉水

　　每个指尖都有了

思想也有了

思想家就有了

艺术和

艺术家都有了

杯子里注满渴望

渔漂想象着统治世界

这时六月的脚步来了

带来斧和锯的声音

1986年5月

高高低低

把一个瓶子倒放着
世界会有所改变

鸟群飞过去剩下节拍

长出铜币的是一公斤小麦

珍宝形如计谋

空气平卧在地

高高低低 高高低低
声音重新响起

1985 年 6 月

问　号

你做了许多坏事
忽然变成好人
发现你离太阳很近
可以烤饼
瓶子可以动动
你在上边煨鸡蛋
奇怪别人为什么
弄煤球炉子
别人在台阶上
还有几位

1986 年 6 月

暴露·其实

（暴露）

在葬礼上我接上折断的木棍
它青青的又长出枝叶
我告诉人们人们惊恐地看我
他们管我叫骗子
瞬间他们看见死人复活
一个个从棺木中站起
弯着扭坏的脖子

（其实）

光知道我们的生命里
排列着细小的鱼籽
光让鱼籽苏醒而有呼吸
呼吸编织成新鲜的红草
红草一委婉就有了全部章节
这时柔软的天空下
不用眼睛就能看见一切

1986 年 7 月

裂　痕

好像除了花园和阴冷的
懊悔
　　就无处可去
水泥地上
诗歌竟也无处生根

一棵树
做立柜说　长粗点
搭房子说　长长点
星球微微转动

我在城堡外边
抚摸光滑的裂痕

1986 年 7 月

行　动

你睡去的时候
我残忍地刮起海风
荒地上的石结构屋子
成了哨儿
长夜无眠
为海祈梦

他
　吝啬地挖土
　咕噜咕噜
　　在字牌后守卫
　试图猜想
　　　儿女的数目

说春天时
并不包括行动

1986 年 7 月

无　烟

偶有客人到来
精致地拿着海螺

铝合金的底部
真理有一条通道

更多的时候
我活在潮湿当中
东磕西碰
总是聪明的牙齿

1986 年 8 月

同　意

他对我讲过他认识死亡
他说你也认识不要惊慌
亲人走时会轻轻把门带上
这是一条长路
记忆不再收藏

1986 年 9 月

一　步

我掉在深深的地方
　　　　　　等待死亡
我看不见星星
　　　　　它在这不亮
我点不起灯光
　　　　　　这里缺氧
好在我的黑暗已开始发白
一环环竟有了苔藓的模样
为了不再下落
　　　　我用尽了力量

我本来也在表面活着
　　我哭　听鸟回家
　　去抓落日的火红
　　去看小狗的米黄
后来我长大了
就往那走了一步——

1986 年 9 月

请　假

那只眼睛冷冷地看着
泪水是冰
屋子里锯末泛滥
这是一次北方的入侵

我鼓起请假的勇气
离开人生
寂静的天上那只鸟
依旧飞个不停

惊慌的叶子直线穿过
许多人都孤苦伶仃
许多的一个人
匆匆忙忙兴奋莫名

1986 年 10 月

子　弹

我听够了世界的胡说八道
说鸟属于网
鱼也属于网
牛属于锯开的松树
南美洲牛蝇属于松胶

我的嗓子属于公鸡
而鸡属于最后一刀

种了二百年玉米
子弹直往下掉

光荣属于齿轮，柔软属于黄金
我只想在天涯海角放石头和葡萄

1986 年 10 月

○

人生不能有目的

因为目的是空的

人生不能没目的

因为人生是空的

1987 年 1 月

复有笑容

落进草地的时候
蛇在树上舞蹈
果子隐隐作痛
声音变成个家伙

开始工作的时候
需要网和渔竿
减少梦中的人口
细细把石块系在城里

虽然帝国崩溃
时间已成为阴影
一个漏了的罐子
活生生爬出小虫

古巷声声　弄瓦时
诗随人　人随梦
那本书很大　光线微斜
他抄蝴蝶的名字

我把枯萎的花放回地上

死后的中午枕石而睡

世界重又安定

人群复有笑容

1987 年 5 月

护　照

别离
是一些沉重的小石头
可以打
乌鸦

黄嘴红身的乌鸦

可以打
电话
说护照办好了
还有鸡被捆着
门后头
得喂水

1987 年 5 月 27 日

* 作者的护照 5 月 27 日通过。两日后，作者和谢烨飞离北京赴德参加明斯特诗歌节。

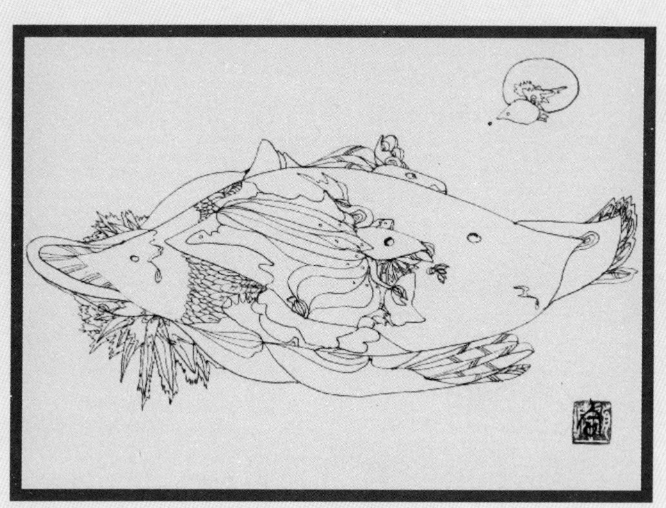

画题《合》

1987年6月—1993年7月

国外

往　世

来到这个世界上
我什么也不知道
我只知道
我忘了一件事
我用诗想这件事

来到这个世界上
我知道了一件件事
都不说
那件事
诗让我说那件事

我会逃走
路会消失

1987 年 6 月
德明斯特

苏维埃

经过无数次阴暗的冲杀之后
新军帽就挂在门边
和姑娘的连衣裙挂在一起
上边混淆着斑驳的花的香气

那扇门一开一合
在斜阳中可怕地放射光辉
整个西方都变成冥想
变成了在雾气中疼痛的指结

1987 年 6 月
西德

镇　尺

我们说鸟
是在说一个古老的国家
它的画皮飞来飞去
棕翅膀带着斑点

有的部族让铁矛扎进湿土
有的在水里一粒粒学蚌吐气

后来想到戴帽子
就小了
还装了沙子
后裂爪兽有了名字
镇墓兽也有了女儿叫镇尺

我坐在暴风雨的板上
永远要回清凉的家中

1987 年 8 月

瑞典

蒙　雪

我是胆小的男孩
我害怕
孤独的小棺材
我吃降落伞
我也跳悬崖
当作往梦里跳
仙人掌没打开
以后老有个猫跟着我
过河走
再上山去
突然看见那个
蒙雪的巢穴

1987 年 10 月

餐　桌

你如果能领悟小麦
你就懂太阳
餐桌被推得很远

举着火，不要让它
烧伤自己
万象真理和万象光明
的　　　　　　游　戏

1987 年 10 月

歧　途

明朗的午后
光芒很近
一小根树枝
挂住了我的上衣

他抱那一大捆木柴
他的亲人、兄弟和火
抱雪

亲爱的歧途
电光闪过，满地泥沼

关键不是错误
关键是我们的错误，多么一般

1987 年 12 月
香港

开白花的故事

这是一个开白花的故事
像过节　闪闪亮亮的树枝
他用了一个字
在外交
场合　还没有人这样吐露心
思　　心私　丝呵　丝

一个字连一字一个连一个
这是火山的雏形

吐丝吐露心丝——思
坟墓上的雨　全部停住

1988 年 1 月

堤　防

光荣是最有趣的东西
纯属孩子想象大人的游戏
假到了能换一千枚真金币

聪明人以生为死以死为生
以生为死说是传统境界
以死为生倒是现代发明

权当万物都有爱情
爱人于是一同去爱
万物　也叫万灵

灾难不能消除
那就努力推迟
愿判人类永远缓期执行

千年的堤防令人敬畏

登高一探

那边却是空的

1988 年 4 月

讲　理

高兴吗高兴
认识吗不认识
那怎么办哪
所以天山公园才有荷花

认识吗认识
高兴吗不高兴
那怎么办哪
所以中山公园才有荷花

1988 年 4 月

译

生命是表面的
天空无法阻挡
死亡是内在的
天空无法阻挡
生命掩护着死亡
从大地上站起
在阳光中晃动着阴影

生命是死亡的圆盾
生命是死亡的矛枪
生命胜利的时候
死亡也胜利了
生命是一层颜色
被死亡从后面涂去
生命是一套组装
被死亡从内部拆散
死亡是强大的
但阳光射中了它
于是它也倒下

像一段枯木
化为烟尘

1988 年 5 月

楼　梯

我梦见很好的天气
路上　父亲说
忘记了什么　又说
忘记了忘记了什么
就走回家　保住暖气

看准一张纸的方向
再脱外衣
有腿
有水
有谜一样小小的舞会
你一要琵琶就有枇杷
要草木就有了草木灰

1988 年 5 月

字　典

我们带来了饼干
带来一把闪光的大锯
带来了钉子和很多世界的东西
我们来自一只沉船

世界在深处吐着银泡
一次次企图依靠记忆
我想起山上有一个字典
被早晨的阳光翻来翻去

在有花的地方坐下
一切将从这里开始
我的妻子要为我生育部族
树木摇动松果　针叶瑟瑟
　　　　描画心中的花纹

1988 年 7 月

矩

她在门边看夜
这边和那边
欧洲很远
亚洲很远
星星全都改变

来回钉的上梁
带我到横木中间
墙板上刻着岁月
旧日的尘土
气息新鲜

那个童话之后
就是我的寓言
画页里总有些什么
喜欢故事的人
也许会拿去翻翻

1988 年 7 月

不错的八月

薄薄的
她是颜料
你是画布
屋子就出来了
阳光到此为止

像一个圣者
把手放在
道路的尘土之上

1988 年 8 月

花就这样开了

花就这样开了
云特别白
把紫色的影子
全都送给黄昏的大海

放好锯
放好冬天的木柴
春日天空水一样透明
四下的草都微动起来

收好锯
收好冬天的木柴

1988 年 9 月

木　桩

我住在水牛的村里
和狗住在一起
我的手上有花
心上也有花朵

把稻束抱回家里
把稻束抱回家里
家里就有太阳了

新鲜的人　在蔬菜中间

1988 年 9 月

傍　晚

他走在后边
显然下雨了
第二次才发现
是在下雨
老头
拿着刨地的镐
走在后头

他用那么大劲
地上也没有白印
红山羊跟着他
傍晚的天也红了

1988 年 10 月

我的地

光滑坚实得

　　像一只小船

沙丘虚幻

　　那么寂静的树

　也起波浪

纯洁是一个深渊

1988 年 12 月

爱　美

爱是一种光
光入水而美

美在水里变成月亮
月亮使猴子吃惊
将手伸到井里

1989 年 2 月

鉴

我怎么能到山边去
路弯弯地绕着海水
我跟海水到了草里
就哪也找不到流动的声音

海好极了
让我们的岛　留在天上
岛稳极了
云的影子散发紫色

　　露水亮着　放射
　　　　　　金黄　萤绿
　　　和淡蓝的光芒
露水真好极了
扇子鸟都不免来啄

我可学习的事挺多

比如柠檬

到对面的山上去了

1989 年 2 月

初　秋

花大得像一张伞
花的生长遮去了水池

我在那一天离去
我在那一天回来

到门外
就看见叶子鲜鲜地黄了

1989 年 3 月

屋　子

屋子满是阴暗的水滴
花丝丝响着
白白的四周
连续收拢的水滴

秋天变淡了
阳光在那里 阳光在那里
我不得不把整面墙搬走

1989 年 4 月

时　辰

一个人不可能站在最高的地方
望下边的深谷　挥一把刷子
让油漆落到脸上　擦不干净

决定红颜色的花和宝石并不是
上帝的事　他空无所有并不像我们
甚至风也是后来的事　决定
一场白白的雨或万里晴空

那是一种寂寞
春秋摇荡　草叶起伏
山绒绒的山要过节念着棉棉的心
人自下而上而水自上而下
百花升起来都开过都新

人的责任是照顾一块屋顶
在活的时候让它有烟　早上有门

1989 年 5 月

不　想

一吓醒了
一吓梦了
诗在两边跑

一边叫自由
一边叫死亡
你手心向上

心在内
心在外
什么都不想

1989 年 6 月

永　在

——给台湾学生

鲁迅说　救救孩子
鲁迅说　孩子是要死的

　　我说　孩子——
　　生命并不是长寿
　　生命是刹那
　　生命并不是身体
　　生命是闪光
　初生刹那的闪光
　毁灭刹那的闪光
　痛苦和希望极点的闪光
　耻辱和奋起瞬间的闪光
那一刻是万古不死的生命
那一刻是永劫不去的来临

1989 年 9 月

结　果

天然保护区的小木栅
不要让世界拿走

看风向不向上吹
水往哪流

活得钝了　也有危险
像小杯子一样

忽一日周围都是石头
大大小小的石头
打歪的石头

住了很久才发现
山下有红花　蓝花　黄花
白花最多

所有大树小草皆开花

朵朵花结果　我结石头

1989 年 11 月

临　近

这是一个临近的星球
光洁得没有脚印
我曾在梦里行走
在越来越大太阳的风中

我喜欢这片太阳的沙地
就像喜欢树林和雨
这是梦中坚实的果树
我曾为它移动石子

在每一次重复中接近现实
柔软的枝条变成文字

这是一个轻轻讲起的故事
讲过时刚刚发生

1989 年 11 月

写　经

阳光一动不动
风在织它的毯子
大江万顷
但做无波之声
便筑高台与明月
巢中撰写迷索经
不忘其所始
不求其所终
无为而尊者　天
有为而累者　人
养鸡二百
种黍两担
相去甚远
心知肚明
难为东南西北风

1989 年 12 月

建　设

给兔子搭屋子
给鸡建家
碎片都留给自己

我因此爱上了
房子和土地
脚也长长的
手也长长的
短的时候反而不多
一正经
就到梦里去了

1989 年 12 月

白　猫

白猫
在柴棚里睡觉
每天早上
自己发黄
我的路非下即上

下修十上修五十
有鸡大国做邻邦

一瓢饮
一箪食
其实用桶装

生命细细地
含着阳光

1990 年 1 月

公　事

最好能定下死的日子
生活就比较简单
就像有多少豆子
预备多少铁罐
就像慢慢收尺子
可以把布剪开
就像按　照　座位
放一个或三个
茶盘
就像在春天付账
推推窗子　我们的人
怎么知道紫颜色
　　　　多么好看

1990 年 3 月

家中多雨

家中多雨
屋子歪过去
又歪过来

一小块耕地
到了上边
下边的有些凄惨

你温和地站着
他们看你
他们在一起吃饭

树枝向高处去
攀比的　也不休息
人也不走

在水中生活不像在火中

它是一种空了的生活

玻璃塑料袋已经说了

1990 年 5 月

鸡春卷

棉被盖在毯子下
不冷　　老篝火
新床单　一样凉的青土

我心里悲伤
像死亡
照亮集市上一个个摊位

云临万物　真有你吗
滂沱大雨仍通过我
像是通过一道深深的峡谷

泉水微笑只因自身的甘美

（鸡没了，变成春卷了）

1990 年 6 月

＊ 作者和谢烨曾养鸡。后因岛上政策变化限非农场每户养鸡不可超过十二只。因限期过紧，低价卖掉部分鸡后，不得不在限期内将超额的一百多只鸡杀掉冷冻。之后每周一次将鸡肉做成春卷在集上售卖。

海　鸥

骑马进山的时候
别忘了海鸥

路也许很窄
但总是会有
路也许很长
但总会到头
马不是好马
那就能走就走
马不听指挥
那就随处停留

冷了饿了
别忘了海鸥

1990 年 7 月

* 作者亦题诗名为:节。

疼　痛

千百次
打碎自己
用疼痛照路
用伤口的香气
洗涤

现在碎成一片
白蒙蒙的心
像干果
沾了烟丝

再没香气
使我回到树林
变成露水
在鸟叫中抖动

荒凉的宇宙叶子
用手找我
满地找我
从下边摇动它

1990 年 7 月

从　心

火在夜里工作

烧南边的岩石

两朵花在风中走近

用芳香相互触摸

最美的是界限

微妙的边和转折

1990 年 7 月

青　果

假如没有眼泪世界就会枯萎
海洋上有成吨成吨的泪水

那些青果更欢迎我的灵魂
因为我经过了风暴也经过了冰

睡过的洼地封锁海岸
熟悉它并找到道路

一次又一次燃动太阳
唯一可能的大地玫瑰

我一醒就拨开脸上的水草
山顶上是等待黎明的牛群

1990 年 8 月

中　午

我告诉你
她活了
我喂她喝了水

她已经一百岁
不能喝太多

像所有人死一样
在中午的小房间里
她坚持搓一根绳子
然后穿进一个扣子
穿过整个下午

在中午的小房间里
死过好多
她们活过
要喂她们喝水

1990 年 9 月

小　说

X

地球是一滴蓝色的水
中间住着微弱的火焰

XX

你们尽可以劝告
鱼在沙滩上晒太阳
鸟在空中睡觉

XL

是我们抬高了星辰的位置
决定从下边仰望它们
我们想在上边居住

L

你怎么会以为我是人呢

LXX

亲爱的

地又塌了

在生命到来时

你要保存她

1990 年 10 月

需要长睡

我需要一次长久的睡眠
来抵销人生的疲倦
锯好十块木头
可以将我陪伴
钉子不再敲打
锄也放在一边
铁炉不用火柴
家便十分温暖
聪明儿子吃饭
你们还没有走进房间

1990 年 12 月

海　盗

如果大柳树要起变化
孩子们一定吓坏了
从一到九数扣子　就像
骑车过厂门　我还没走
站岗的人已经疯了

1991 年 1 月

曼

小树枝学会了提水
一次次自生命深处向上提
然后就绿了
迅速地伸展开来

跟着风就容易些
像走下山的道路
身体像月光样流泻
一忽就铺满大地

这时你高大而完美
清澈的眼睛充满泪水
升上夜空没有一个枝杈
睡衣像桃子的皮肤

蜗牛在寻找它的墙壁
它的子女在寻找露滴

你的美超出想象

鱼飞翔鸟在水中飘浮

1991 年 3 月

日　历

有一天　　刮风

　　屋顶乱响

有一天　有三个晚上

有一天可以看见教堂

　　　在树林里

　　　整整齐齐

　　海水升到天上

有一天　一个大胖子

　　拼命晒太阳

有一天　听鸡唱歌

　　清理厨房　　一直唱

有一天什么都不想

有一天吃鱼　钉房子

　　　　　一直钉房子

听好了

房子就是阳光

1991年3月

* 诗第7行“海水升到天上”，有的发表写为“海水生到天上”，这里依从作者手稿。

窗　子

云从这一岸飘到那一岸
再要看　就要移移颈子
这时目光柔和四肢细弱
一小片轻微的知觉

所有人都在白天取暖
就像被风推倒的麦子
过山去了
每一粒都梦见

1991 年 4 月

奇　遇

红色的果子　落在地上

花开在近旁

那是它爱过的果子

1991 年 4 月

省（一）

她是清澈的
清澈得让你看见命运

他走在
　可以凿的山路上
　可以开掘的干草里
筑了墙　也砸玻璃

最后伸出手
中止它的逼近

有一种完美是毒药
原谅他
老为一个水管发疯
其实墙都涂满了
只有一两处还空着
梦都蜂拥到了那里

1991 年 4 月

省（二）

梦没有的时候
生活就得意起来
对你发号施令
或默不作声
把枪和鞋放你头上
梦没有的时候
事情就把你拖来拖去

光明看不见黑暗
而墓穴里坐着
会想北方

1991 年 4 月

活命歌

修个平台
建个厕所
生命生活微微相合
砌个梯田
搭个鸡窝
生命生活悄悄错过

生命助长生活叫创造
生命毁坏生活叫罪恶
生活中有生命
　　生活才有意义
生命中有生活
　　生命才有依托

祝愿我们永远幸运
生命的力量不要太强
生活的惯性不要太弱

1991 年 6 月

* 修建平台、厕所、梯田、鸡窝，都是作者岛上生活期间所做的事情。

世　上

我知道
这个世上有什么
有大使馆
有好天气
有苹果

苹果放在桌上
绿的
好多鸟
好多好多阴影
使它快乐

而月亮下山
风也下山
我们的故事
有一半没说

1991 年 7 月

小　灰

这是一粒小灰
来自一棵大树
它属于一支血脉
那里的河流和城镇
总有新鲜的故事

分散的时候
没有多少准备
只是一阵收紧
它就飞了出来

后来又有
后来的见识
小灰的故事
都有些相似
比如空难
也没有鸣叫
成为小灰
也有番运气

我看光中
小灰起落
多少往事
到了眼前
一丝棉心
飘飘荡荡
　　这粒小灰　和那粒小灰
　　北方的太阳　使一切温暖

1991 年 7 月

蓝

死很像妈妈
不会嫌弃我们

在无法再逃的地方
天特别蓝
绕一条小路到尽头

所有生的片段
我珍惜着
退潮时一起漂在海上

1991 年 7 月

人　云

一双手在头顶工作
我们面临最后时刻

石头上这些花呵
退潮时就会显露
两个人看姹紫嫣红
一个人看枯叶纷落

树死了砍了才倒
人没死就扶不起了

1991 年 7 月

复　习

没有上帝
我们就向历史呼救
换了好几种语气
把诗也做成一种梯子
可以上下奔跑
丢掉钥匙的时候
就爬公寓的一处窗子
我们过于努力
结果爬进一锅汤里
这汤煮得太久
已看不见任何东西

1991 年 7 月

纵　深

酒精灯小
蓝蓝美人
青杨林
　　　魂魄性情
铜子弹山羚羊
　　　三尺光芒

梦中说梦
其梦也真

后来选中　一个人
让他流浪
在衣服中
　　找不到黄金

第一级楼梯响
　就丢了信心
醒的时候你发现
一切都在拧

紧　肋下的

那个螺栓

而螺钉

隐隐作痛

1991 年 8 月

树活了两次

树活了两次
一次在雨里
一次在火里

在它最美丽的时候
太阳那么温柔
一点也不弄坏树枝

火到来时
它就亮了
然后就干净极了

在火焰那边
有我重叠的梦
有我在梦里打开的小灯

1991 年 8 月

邓　肯

考试是中国发明的　他说
然而世界通行　人可以透过筛子
（有很多方法）变成面粉和饼干

法律是希腊完成的　他说
人可以变成安全的灰土　看罪犯　梦
在壁炉里燃烧　不会溅出一点火星

世界是上帝造的　他说
把那些天国漏下去的人　继续粉碎
并且发酵　给地狱装上纱门

烟斗是哪来的　我没问
我看烟雾上升　徐徐蒙蒙靠近窗子
轻轻一绕　离开了我们的课堂

1991 年 8 月

本　意

你只找到一片花瓣
最小的花也有两瓣

你只取出一片镜片
两片才显示蔚蓝

早晨徐徐而入
灵魂在碗里像条小鱼

你空灵像个核桃
有仁才为生灵

1991 年 8 月

暴风雨使我安睡

让机器抬脚
　　我看见它们
一个事情走来
　　触到了空气
说她们的时候
我总带着惶惑

光明的汁液
在空气里响着
路都死了
用我头造货币

我无法诉说广场
碗飞来飞去
　　仰面躺着
　　鸽子很忙

暴风雨暴风雨

　　使我安睡

　　(DAAD)

1991 年 12 月

＊诗尾“DAAD”是德学术基金机构 Deutscher Akademischer Austauschdienst 的缩写。作者此时获邀 DAAD 赴德写作一年。

宜

宜　科科巴巴

宜要工作　要把字印纸上

飞机嗡嗡作响

宜要工作一年

要见人　要演讲

要过太平洋和大西洋

宜干吗走?

宜要死了

1992 年 2 月

间　离

在最后一页
书变得透明
那些鱼游泳
面色晴暗
生活在渔具之间

云出十里
未及孤村

1992 年 3 月 3 日
奥克兰机场

不　知

你从不知为什么活
他们让你活
你就活
你从不知为什么死
他们让你死
你就死

最可怕的
是你被自己卖了
一只桶
一芬尼
人家让你怎样微笑
你就怎样微笑

1992 年 6 月
德国

碑

如果你一直坐下去
你就要在这里休息
青苔盖住嘴
长青藤遮住纸笔

你也会像石片越来越薄
梦想在水上跳舞
激起一点涟漪

你越来越薄
他们说你沉不下去

你触到空气

1992 年 8 月（访墓地）

国语妙境

在外不知内

在内不言内

外者议内

内不议内

故外言盛行

内神窈窈

1992 年 8 月

* 诗引自作者写于 1992 年 8 月的散文《国语妙境》。标题编者以文题代。

提　防

风来白云飞
风去空山寂

我有个儿子也在做生意
我有个儿子也在作报告
这官德炉是真的吗？
你要提防它是真的

1992年9月

环

他用那么多时间
培养一个谣言
像一朵花
为了在人间流传

他有了故事
就可以在故事里生活
从这个字到那个字
在晚餐后被人悄悄吐出

绝对时刻
鲜花如影

1992 年 10 月

定　法

在白光中写字
疼痛的喉咙

尘土埋我
死神伏到背上

论家们为诗定法
让花服从　让月亮服从
让婴儿服从
我的头长成蘑菇

只有侃山说
生命如水
大地如梦
小路飘飘欲渡

1992 年 11 月

* 诗末节首行中的“侃山”有可能指作者稍前写下的一篇短文《侃山》,文《侃山》中写有诗的末三行。

娥　皇

我在城里住过
爱一个女孩
她在水边
看灰云彩
她的样子像朵莲花

后来　她爱上我
在厨房做菜
剥莲子
她自己告诉我
有个女孩像她

1993 年 2 月

你在等海水吗

你在等海水吗　海水和沙子
你知道最后碎了的不是海水

你在等消息吗　这消息
像一只鸟要飞起来

1993 年 3 月

睡眠是条大河

看到那么大的月亮
我知道　我要死了
安排好最后的事
每一刻都有无限的时间
书架和孩子

睡眠是条大河
它很寂寞
沉沉的眉心
开着花朵

1993 年 8 月

青　山

青山有明月
寺久不闻钟
闲来取云径
唯听雨在松

1993 年

“生也平常”

生也平常
死也平常
落在水里
长在树上

1993 年

“渺渺大水”

渺渺大水
幽幽春燕
寒柳一发
前所未见

1993 年

“空山不为空”

空山不为空
空心才是宗
若得空为意
方觉好人生

1993 年

“鸟与声俱去”

鸟与声俱去
长林空寂寂
天光荫草木(墓)
为人知此意

1993 年

图书在版编目(CIP)数据

暴风雨使我安睡 / 顾城著. — 北京 : 北京十月文艺出版社，2011.4
(顾城诗选)
ISBN 978-7-5302-1088-8

Ⅰ.①暴… Ⅱ.①顾… Ⅲ.①诗歌—作品集—中国—当代 Ⅳ.①I227

中国版本图书馆 CIP 数据核字(2011)第 028649 号

顾城诗选
暴风雨使我安睡
BAOFENGYU SHI WO ANSHUI
顾　城　著

出　　版　北京出版集团公司
　　　　　北京十月文艺出版社
地　　址　北京北三环中路 6 号
邮　　编　100120
网　　址　www.bph.com.cn
发　　行　新经典发行有限公司
　　　　　电话(010)68423599
经　　销　新华书店
印　　刷　北京盛通印刷股份有限公司
版　　次　2011 年 7 月第 1 版
　　　　　2019 年 1 月第 16 次印刷
开　　本　787 毫米 ×1092 毫米　1/32
印　　张　11.25
字　　数　188 千字
书　　号　ISBN 978-7-5302-1088-8
定　　价　45.00 元
质量监督电话　010-58572393
如有印装质量问题，由本社负责调换。